KB219029

그대에게 가고 싶다

그대에게 가고 싶다

안도현 시집

푸른숲

■ 개정 증보판 자서

꼭 10년 만에 개정판을 낸다.

초판이 나올 당시 나는 학교에서 쫓겨난 해직 교사였다. 세상을 바꾸는 '싸움'이 하늘이 나에게 준 고마운 직업이라고 믿고 있던, 말하자면 내 생의 가장 뜨거운 시절을 아득바득 기어가던 시절이었다. 빛나는 시보다 못된 세상을 택하고 싶었던 때였으므로 그 편애의 흔적들이 시행 속에 불쑥불쑥 튀어나와 낯을 달구는 시도 여럿 있다. 하지만 그 허물마저 내가 품고 살아야 할 재산이 아닐 것인가. 그래서 몇몇 시의 순서는 바꾸었으되 하나도 버리지 않고 그대로 두었다. 여기에다가 그 동안 이런저런 목적을 염두에 두고 쓰여진 시들 중에서 몇 편을 골라 보탰다.

이 시집에 과분한 관심을 베풀어주신 분들, 또 새 옷을 입혀준 푸른숲 식구들에게 꾸벅, 절을 드린다.

2001년 12월 전주에서
안도현

차례

2 그 별에 셋방을 하나 얻고 싶다

3 기다림이 아름다운 세월은 갔다

1
한 사람을 사무치게 사랑한다는 것은

길

길이 하나 있었습니다
그대라고 부를 사람에게
그 길을 보여주고 싶었습니다
어느 누구도 혼자서는 갈 수 없는
끝없는 길을

그대

한 번은 만났고
그 언제 어느 길목에서 만날 듯한
내 사랑을
그대라고 부른다
돌아오지 못할 먼 길을
홀연히 떠나는 강물을
들녘에도 앉지 못하고 떠다니는 눈송이를
고향 등진 잡놈을 용서하는 밤 불빛을
찬물 먹으며 바라보는 새벽 거리를
그대라고 부른다
지금은 반쪼가리 땅
나의 별 나의 조국을
그대라고 부른다
이 세상을 이루는
보잘것없어 소중한 모든 이름들을

입 맞추며 쓰러지고 싶은

나 자신까지를

그대라고 부른다

그대에게 가고 싶다

해 뜨는 아침에는
나도 맑은 사람이 되어
그대에게 가고 싶다
그대 보고 싶은 마음 때문에
밤새 퍼부어대던 눈발 그치고
오늘은 하늘도 맨 처음인 듯 열리는 날
나도 금방 헹구어낸 햇살이 되어
그대에게 가고 싶다
그대 창가에 오랜만에 별이 들거든
긴 밤 어둠 속에서 캄캄하게 띄워 보낸
내 그리움으로 여겨다오
사랑에 빠진 사람보다 더 행복한 사람은
그리움 하나로 무장무장
가슴이 타는 사람 아니냐

진정 내가 그대를 생각하는 만큼
새날이 밝아오고
진정 내가 그대 가까이 다가가는 만큼
이 세상이 아름다워질 수 있다면
그리하여 마침내 그대와 내가
하나되어 우리라고 이름 부를 수 있는
그날이 온다면
봄이 올 때까지는 저 들에 쌓인 눈이
우리를 덮어줄 따뜻한 이불이라는 것도
나는 잊지 않으리

사랑이란
또 다른 길을 찾아 두리번거리지 않고
그리고 혼자서는 가지 않는 것
지치고 상처입고 구멍난 삶을 데리고

그대에게 가고 싶다
우리가 함께 만들어야 할 신천지
우리가 더불어 세워야 할 나라
사시사철 푸른 풀밭으로 불러다오
나도 한 마리 튼튼하고 착한 양이 되어
그대에게 가고 싶다

사랑

한 사람을 사랑하는 일이
죄 짓는 일이 되지 않게 하소서
나로 하여 그이가 눈물 짓지 않게 하소서
사랑으로 하여 못 견딜 두려움으로
스스로 가슴을 쥐어뜯지 않게 하소서
사랑으로 하여 내가 쓰러져 죽는 날에도
그이를 진정 사랑했었노라 말하지 않게 하소서
내 무덤에는 그리움만
소금처럼 하얗게 남게 하소서

사랑한다는 것

길가에 민들레 한송이 피어나면
꽃잎으로 온 하늘을 다 받치고 살듯이
이 세상에 태어나서
오직 한 사람을 사무치게 사랑한다는 것은
이 세상 전체를
비로소 받아들이는 것입니다
차고 맑은 밤을 뜬눈으로 지새우며
우리가 서로 뜨겁게 사랑한다는 것은
그대는 나의 세상을
나는 그대의 세상을
함께 짊어지고
새벽을 향해 걸어가겠다는 것입니다

그립다는 것

그립다는 것은
가슴에 이미
상처가 깊어졌다는 뜻입니다
나날이 살이 썩어간다는 뜻입니다

준다는 것

이 지상에서 우리가 가진 것이
빈 손밖에 없다 할지라도
우리가 서로 바라보는 동안은
나 무엇 하나
부러운 것이 없습니다
그대 손등 위에 처음으로
떨리는 내 손을 포개어 얹은 날을
잊을 수가 없습니다
아무도 말은 하지 않았지만
우리는 서로에게
많은 것을 주었습니다
스스럼없이 준다는 것
그것은
빼앗는 것보다 괴롭고 힘든 일입니다
이 지상에서 한 사람에게

모든 것을 바친다는 것

그것은

세상 전체를 소유하는 것보다

부끄럽고 어려운 일입니다

그대여

가진 것이 없기 때문에

남에게 줄 것이 없어

마음 아파하는 사람을 사랑합니다

그는 이미 많은 것을

누구에게 준

넉넉한 사람이기 때문입니다

가난하다는 것

가난은
가난한 사람을 울리지 않는다

가난하다는 것은
가난하지 않은 사람보다
오직 한 움큼만 덜 가졌다는 뜻이므로
늘 가슴 한쪽이 비어 있어
거기에
사랑을 채울 자리를 마련해 두었으므로

사랑하는 이들은
가난을 두려워하지 않는다

나그네

그대에게 가는 길이
세상에 있나 해서

길따라 나섰다가
여기까지 왔습니다

끝없는 그리움이
나에게는 힘이 되어

내 스스로 길이 되어
그대에게 갑니다

그대에게 가는 길

그대가 한 자락 강물로 내 마음을 적시는 동안 끝없이 우는 밤으로 날을 지새우던 나는 들판이었습니다

그리하여 밤마다 울지 않으려고 괴로워하는 별을 바라보았습니다 오래오래 별을 바라본 것은 반짝이는 것이 아름다워서가 아니라 어느 날 내가 별이 되고 싶어서가 아니라 헬 수 없는 우리들의 아득한 거리 때문이었습니다

그때부터 나는 지상의 여기저기에 크고 작은 길들을 내기 시작했습니다 해 뜨는 아침부터 노을 지는 저녁까지 이 길 위로 사람들이 쉬지 않고 오가는 것은 그대에게 가는 길이 들녘 어디엔가 있다는 것을 믿기 때문입니다

분홍지우개

분홍지우개로
그대에게 쓴 편지를 지웁니다
설레이다 써버린 사랑한다는 말을
조금씩 조금씩 지워 나갑니다
그래도 지운 자리에 다시 살아나는
그대 보고 싶은 생각
분홍지우개로 지울 수 없는
그리운 그 생각의 끝을
없애려고 혼자 눈을 감아 봅니다
내가 이 세상에서 지워질 것 같습니다

그대를 만나기 전에

그대를 만나기 전에
나는 빈 들판을 떠돌다 밤이면 눕는
바람이었는지도 몰라

그대를 만나기 전에
나는 긴 날을 혼자 서서 울던
풀잎이었는지도 몰라

그대를 만나기 전에
나는 집도 절도 없이 가난한
어둠이었는지도 몰라

그대를 만나기 전에
나는 바람도 풀잎도 어둠도
그 아무것도 아니었는지도 몰라

먼 산

저물녘
그대가 나를 부르면
나는 부를수록 멀어지는 서쪽 산이 되지요
그대가 나를 감싸는 노을로 오리라 믿으면서요
하고 싶은 말을 가슴에 숨기고
그대의 먼 산 되지요

철길

혼자 가는 길보다는
둘이서 함께 가리
앞서지도 뒤서지도 말고 이렇게
나란히 떠나가리
서로 그리워하는 만큼
닿을 수 없는
거리가 있는 우리
늘 이름을 부르며 살아가리
사람이 사는 마을에 도착하는 날까지
혼자 가는 길보다는
둘이서 함께 가리

어둠이 되어

그대가 한밤내
초롱초롱 별이 되고 싶다면
나는 밤새도록
눈도 막고 귀도 막고
그대의 등 뒤에서
어둠이 되어 주겠습니다

강

그대와 나 사이에 강이 흐른들 무엇하리

내가 그대가 되고
그대가 내가 되어
우리가 강물이 되어 흐를 수 없다면
이 못된 세상을 후려치고 가는
회초리가 되지 못한다면
그리하여 먼 훗날
다 함께 바다에 닿는 일이 아니라면

그대와 나 사이에 강이 흐른들 무엇하리

2
그 별에 셋방을 하나 얻고 싶다

구월이 오면

그대
구월이 오면
구월의 강가에 나가
강물이 여물어 가는 소리를 듣는지요
뒤따르는 강물이
앞서가는 강물에게
가만히 등을 토닥이며 밀어주면
앞서가는 강물이 알았다는 듯
한 번 더 몸을 뒤척이며
물결로 출렁
걸음을 옮기는 것을
그때 강둑 위로
지아비가 끌고 지어미가 미는 손수레가
저무는 인간의 마을을 향해
가는 것을

그대

구월의 강가에서 생각하는지요

강물이 저희끼리만

속삭이며 바다로 가는 것이 아니라

젖은 손이 닿는 곳마다

골고루 숨결을 나누어주는 것을

그리하여 들꽃들이 피어나

가을이 아름다워지고

우리 사랑도

강물처럼 익어가는 것을

그대

사랑이란

어찌 우리 둘만의 사랑이겠는지요

그대가 바라보는 강물이

구월 들판을 금빛으로 만들고 가듯이
사람이 사는 마을에서
사람과 더불어 몸을 부비며
우리도
모르는 남에게 남겨줄
그 무엇이 되어야 하는 것을
구월이 오면
구월의 강가에 나가
우리가 따뜻한 피로 흐르는
강물이 되어
세상을 적셔야 하는 것을

단풍

보고 싶은 사람 때문에
먼 산에 단풍
물드는

사랑

찬밥

가을이 되면 찬밥은 쓸쓸하다
찬밥을 먹는 사람도
쓸쓸하다

이 세상에서 나는 찬밥이었다
사랑하는 이여

낙엽이 지는 날
그대의 저녁 밥상 위에
나는
김 나는 뜨끈한 국밥이 되고 싶다

가을 엽서

한 잎 두 잎 나뭇잎이
낮은 곳으로
자꾸 내려앉습니다
세상에 나누어줄 것이 많다는 듯이

나도 그대에게 무엇을 좀 나눠주고 싶습니다

내가 가진 게 너무 없다 할지라도
그대여
가을 저녁 한때
낙엽이 지거든 물어보십시오
사랑은 왜
낮은 곳에 있는지를

사내가 손톱에 봉숭아물을 들이며

사랑이여
나에게도 붉은 마음 한 조각 있습니다
첫눈 오시기 전에……
첫눈 오시기 전에……

그대를 위하여

그대를 만난 엊그제는
가슴이 아팠습니다
내 쓸쓸한 집으로 돌아오는 길에
개울물 소리가 더욱 크게 들리던 까닭은
세상에 지은 죄가 많은 탓입니다
그렇지만 마음 속 죄는
잊어버릴수록 깊이 스며들고
떠올릴수록 멀어져 간다는 것을
그대를 만나고 나서야
조금씩 알 것 같습니다
그대를 위하여
내가 가진 것 중
숨길 것은 영원히 숨기고 싶었습니다
그러나 그대로 하여
아픈 가슴을 겪지 못한 사람은

아픈 세상을 어루만질 수 없음을 배웠기에
내 가진 부끄러움도 슬픔도
그대를 위한 일이라면
모두 보여 드리고 싶습니다
그대를 만나고부터
그대가 나를 생각하는 그리움의 한두 배쯤
마음 속에 바람이 불고
가슴이 아팠지만
그대를 위하여
내가 주어야 할 것들을 생각하며
나는 내내 행복하였습니다

겨울 숲에서

참나무 자작나무 마른 잎사귀를 밟으며
첫눈이 내립니다
첫눈이 내리는 날은
왠지 그대가 올 것 같아
나는 겨울 숲에 한 그루 나무로 서서
그대를 기다립니다
그대를 알고부터
나는 기다리는 일이 즐거워졌습니다
이 계절에서 저 계절을 기다리는
헐벗은 나무들도 모두
그래서 사랑에 빠진 것이겠지요
눈이 쌓일수록
가지고 있던 많은 것을
송두리째 버리는 숲을 보며
그대를 사랑하는 동안

내 마음 속 헛된 욕심이며
보잘것없는 지식들을
내 삶의 골짜기에 퍼붓기 시작하는
저 숫눈발 속에다
하나 남김없이 묻어야 함을 압니다
비록 가난하지만
따뜻한 아궁이가 있는 사람들의 마을로
내가 돌아가야 할
길도 지워지고
기다림으로 부르르 몸 떠는
빈 겨울 나무들의 숲으로
그대 올 때는
천지사방 가슴 벅찬
폭설로 오십시오
그때까지 내 할 일은

머리 끝까지 눈을 뒤집어쓰고
눈사람되어 서 있는 일입니다

겨울 편지

흰 눈 뒤집어쓴 매화나무 마른 가지가
부르르 몸을 흔듭니다

눈물겹습니다

머지않아
꽃을 피우겠다는 뜻이겠지요
사랑은 이렇게 더디게 오는 것이겠지요

눈오는 날

오늘도 눈이 펑펑 쏟아진다
흰 살 냄새가 난다
그대 보고 싶은 내 마음 같다

그대에게

괴로움으로 하여
그대는 울지 말라
마음이 괴로운 사람은
지금
누군가를
사랑하고 있는 사람이니
아무도 곁에 없는 겨울
홀로 춥다고 떨지 말라

눈이 내리면
눈이 내리는 세상 속으로
언젠가 한 번은 가리라 했던
마침내 한 번은 가고야 말 길을
우리 같이 가자
모든 첫 만남은

설레임보다 두려움이 커서
그대의 귓불은 빨갛게 달아오르겠지만
떠난 다음에는
뒤를 돌아보지 말 일이다
걸어온 길보다
걸어갈 길이 더 많은 우리가
스스로 등불을 켜 들지 않는다면
어느 누가 있어
이 겨울 한 귀퉁이를
밝히려 하겠는가

가다 보면 어둠도 오고
그대와 나
그때 쓰러질 듯 피곤해지면
우리가

세상 속을 흩날리며
서로서로 어깨 끼고 내려오는
저 수많은 눈발 중의 하나인 것을
생각하자
부끄러운 것은 가려주고
더러운 것은 덮어주며
가장 낮은 곳으로부터
찬란한 한 세상을 만들어가는
우리

가난하기 때문에
마음이 따뜻한 두 사람이 되자
괴로움으로 하여 울지 않는
사랑이 되자

우리가 눈발이라면

우리가 눈발이라면
허공에서 쭈빗쭈빗 흩날리는
진눈깨비는 되지 말자
세상이 바람 불고 춥고 어둡다 해도
사람이 사는 마을
가장 낮은 곳으로
따뜻한 함박눈이 되어 내리자
우리가 눈발이라면
잠 못 든 이의 창문가에서는
편지가 되고
그이의 깊고 붉은 상처 위에 돋는
새 살이 되자

별

별을 쳐다보면
가고 싶다

어두워야 빛나는
그 별에
셋방을 하나 얻고 싶다

사랑은 싸우는 것

내가 이 밤에 강물처럼 몸을 뒤척이는 것은
그대도 괴로워 잠을 못 이루고 있다는 뜻이겠지요
창 밖에는 윙윙 바람이 울고
이 세상 어디에선가
나와 같이 후회하고 있을 한 사람을 생각합니다
이런 밤 어디쯤 어두운 골짜기에는
첫사랑 같은 눈도
한 겹 한 겹 내려 쌓이리라 믿으면서
머리 끝까지 이불을 덮어 쓰고 누우면
그대의 말씀 하나하나가 내 비어 있는 가슴 속에
서늘한 눈이 되어 쌓입니다
그대
사랑은 이렇게
싸우면서 시작되는 것인지요
싸운다는 것은

그 사람을 너무 사랑하기 때문에
그 벅찬 감동을 그 사람말고는 나누어 줄 길이 없어
오직 그 사람이 되고 싶다는 뜻인 것을
사랑은 이렇게
두 몸을 눈물나도록 하나로 칭칭 묶어 세우기 위한
끝도 모를 싸움인 것을
이 밤에 깨우칩니다
괴로워하는 사람들이 많은 것은
사랑하는 사람이 많다는 뜻인 것을

봄밤

내 마음 이렇게 어두워도
그대 생각이 나는 것은
그대가 이 봄밤 어느 마당가에
한 그루 살구나무로 서서
살구꽃을 살구꽃을 피워내고 있기 때문이다
나하고 그대하고만 아는
작은 불빛을 자꾸 깜박거리고 있기 때문이다

너와 나

밤하늘에 별이 있다면
방바닥에 걸레가 있다

마지막 편지

내 사는 마을 쪽에
쥐똥 같은 불빛 멀리 가물거리거든
사랑이여
이 밤에도 울지 않으려고 애쓰는
내 마음인 줄 알아라
우리가 세상 어느 모퉁이에서
헤어져 남남으로
한 번도 만나지 않은 듯
서로 다른 길이 되어 가더라도
어둠은 또 이불이 되어
우리를 덮고
슬픔도 가려주리라

그대 진정 나를 사랑하거든
사랑했었다는 그 말은 하지 말라

그대가 뜨락에 혼자 서 있더라도
등 뒤로 지는 잎들을
내게 보여주지는 말고
잠들지 못하는 밤
그대의 외딴집 창문이 덜컹댄다 해도
행여 내가 바람되어 두드리는 소리로
여기지 말라

모든 것을 내주고도
알 수 없는 그윽한 기쁨에
돌아앉아 몸을 떠는 것이 사랑이라지만
이제 이 세상을 나누어 껴안고
우리는 괴로워하리라
내 마지막 편지가 쓸쓸하게
그대 손에 닿거든

사랑이여

부디 울지 말라

길 잃은 아이처럼 서 있지 말고

그대가 길이 되어 가거라

별빛

그대여 이제 그만 마음 아파해라

희미한 옛 사랑의 그림자

그대 나를 떠난 뒤에도
떠나지 않은 사람이여

3
기다림이 아름다운 세월은 갔다

저물 무렵

저물 무렵 그애와 나는 강둑에 앉아서
강물이 사라지는 쪽 하늘 한 귀퉁이를 적시는
노을을 자주 바라보곤 하였습니다
둘 다 말도 없이 꼼짝도 하지 않고 있었지만
그애와 나는 저무는 세상의 한쪽을
우리가 모두 차지한 듯 싶었습니다
얼마나 아늑하고 평화로운 날들이었는지요
오래오래 그렇게 앉아 있다가 보면
양쪽 볼이 까닭도 없이 화끈 달아오를 때도 있었는데
그것이 처음에는 붉은 노을 때문인 줄로 알았습니다
흘러가서는 되돌아오지 않는 물소리가
그애와 내 마음 속에 차곡차곡 쌓이는 동안
그애는 날이 갈수록 부쩍 말수가 줄어드는 것이었고
나는 손 한 번 잡아주지 못하는 자신이 안타까웠습니다
다만 손가락으로 먼 산의 어깨를 짚어가며

강물이 적시고 갈 그 고장의 이름을 알려주는 일은
내가 할 수 있는 유일한 자랑이었습니다
강물이 끝나는 곳에 한없이 펼쳐져 있을
여태 한 번도 가보지 못한 큰 바다를
그애와 내가 건너야 할 다리 같은 것으로 여기기 시작한 것은
바로 그때부터였습니다
날마다 어둠도 빨리 왔습니다
그애와 같이 살 수 있는 집이 있다면 하고 생각하며
마을로 돌아오는 길은 늘 어찌나 쓸쓸하고 서럽던지
가시에 찔린 듯 가슴이 따끔거리며 아팠습니다
그러던 어느 날 그애와 나는
누가 먼저랄 것도 없이 입술을 포개었던 날이 있었습니다
잊을 수가 없습니다 그애의 여린 숨소리를
열 몇 살 열 몇 살 내 나이를 내가 알고 있는 산수공식을
아아 모두 삼켜버릴 것 같은 노을을 보았습니다

저물 무렵 그애와 나는 강둑에 앉아 있었습니다
그때 우리가 세상을 물들이던 어린 노을인 줄을
지금 생각하면 아주 조금 알 것도 같습니다

만두집

세상 가득 은행잎이 흐득흐득 지고 있었다
고등학교 시절 늦가을이었다
교복을 만두속같이 가방에 쑤셔넣고
까까머리 나는 너를 보고 싶었다
하얀 김이 왈칵 안경을 감싸는 만두집에
그날도 너는 앉아 있었다

통만두가 나올 때까지
주머니 속 가랑잎 같은 동전을 만지작거리며
나는 무슨 대륙 냄새가 나는
차를 몇 잔이고 마셨다
가슴을 적시는 뜨거운 그 무엇이
나를 지나가고 잔을 비울 때마다
배꼽 큰 주전자를 힘겹게 들고 오던
수학 시간에 공책에 수없이 그린

너의 얼굴은 아무 말이 없었다

귀밑에 밤알만한 검은 점이 있는
만두집 아저씨 중국 사람과
웃으면 덧니가 처녀 같은
만두집 아줌마 조선 사람 사이에
태어난 화교학교에 다닌다는 그 딸
너는 계산대 앞에 여우같이 앉아 있었다
한 번도 나에게 먼저 말을 걸어오지 않고
미운 단발머리 너는
창밖 은행잎 지는 것만 보고 있었다

나는 그날 만두값도 내지 않고 나와버렸다
네가 뒤쫓아오기를 바라면서
왜 그냥 가느냐고 이대로는 못 간다고

꼭 그 말이라도 듣고 싶었는데
너는 지금까지도 나를 따라오지 않았다
나는 그 이후로 네가 보고 싶어도
매일 가던 너의 만두집에 갈 수 없었다

첫사랑

그 여름 내내 장마가 다 끝나도록 나는
봉숭아 잎사귀 뒤에 붙어 있던
한 마리 무당벌레였습니다

비 그친 뒤에, 꼭
한 번 날아가보려고 바둥댔지만
그때는 뜰 안 가득 성큼
가을이 들어와 있었습니다
코 밑에는 듬성듬성 수염이 돋기 시작하였습니다

꽃

누가 나에게 꽃이 되지 않겠느냐 묻는다면
나는 선뜻 봉숭아꽃 되겠다 말하겠다

꽃이 되려면 그러나
기다릴 줄도 알아야 하겠지
꽃봉오리가 맺힐 때까지
처음에는 이파리부터 하나씩
하나씩 세상 속으로 내밀어보는 거야

햇빛이 좋으면 햇빛을 끌어당기고
바람이 불면 바람을 흔들어보고

폭풍우 몰아치는 밤도 오겠지
그 밤에는 세상하고 꼭 어깨를 걸어야 해
사랑은

가슴이 시리도록 뜨거운 것이라고
내가 나에게 자꾸 말해주는 거야

그 어느 아침에 누군가
아, 봉숭아꽃 피었네 하고 기뻐하면
그이가 그리워하는 모든 것들의 이름을
내 몸뚱어리 짓이겨 불러줄 것이다

밤기차를 타고

산모퉁이를 돌면서 기차는
쓴약 같은 기적소리로 울고 있었다
유리창에 눈발이 잠깐 비치는가 했더니
이내 눈송이와 어둠이 엎치락뒤치락
서로 껴안고 나뒹굴며 싸우는 폭설이었다
잠들지 않은 것은
나와 기차뿐
철길 옆 낮은 처마 아래 불빛 하나뿐
저기 잠 못 든 이가 처녀라면
기적소리가 멀어지면 더욱 쓸쓸해서
밤새도록 불을 끄지 못할 것이다

기다리는 이에게

기다려도 오지 않는 사람을 위하여
불 꺼진 간이역에 서 있지 말라
기다림이 아름다운 세월은 갔다
길고 찬 밤을 건너가려면
그대 가슴에 먼저 불을 지피고
오지 않는 사람을 찾아가야 한다
비로소 싸움이 아름다운 때가 왔다
구비구비 험한 산이 가로막아 선다면
비껴 돌아가는 길을 살피지 말라
산이 무너지게 소리라도 질러야 한다
함성이 기적으로 울 때까지
가장 사랑하는 사람에게 가는
그대가 바로 기관차임을 느낄 때까지

연애 편지

스무 살 안팎에는 누구나 한 번쯤 연애 편지를 썼었지
말로는 다 못할 그리움이며
무엇인가 보여주고 싶은 외로움이 있던 시절 말이야
틀린 글자가 없나 수없이 되읽어 보며
펜을 꾹꾹 눌러 백지 위에 썼었지
끝도 없는 열망을 쓰고 지우고 하다 보면
어느 날은 새벽빛이 이마를 밝히고
그때까지 사랑의 감동으로 출렁이던 몸과 마음은
종이 구겨지는 소리를 내며 무너져내리곤 했었지
그러나 꿈 속에서도 썼었지
사랑을 위해서라면
모든 것을 잃어도 괜찮다고
그런데 친구, 생각해보세
그 연애 편지 쓰던 밤을 잃어버리고
학교를 졸업하고 타협을 배우고

결혼을 하면서 안락을, 승진을 위해 굴종을 익히면서
삶을 진정 사랑하였노라 말하겠는가
민중이며 정치며 통일은 지겨워
증권과 부동산과 승용차 이야기가 좋고
나 하나를 위해서라면
이 세상이야 썩어도 좋다고 생각하면서
친구, 누구보다 깨끗하게 살았노라 말하겠는가
스무 살 안팎에 쓰던 연애 편지는 그렇지 않았다네
남을 위해서 자신을 버릴 줄 아는 게
사랑이라고 썼었다네
집안에 도둑이 들면 물리쳐 싸우는 게
사랑이라고 썼었다네
가진 건 없어도 더러운 밥은 먹지 않는 게
사랑이라고 썼었다네
사랑은 기다리는 게 아니라

한 발자국씩 찾으러 떠나는 거라고

그 뜨거운 연애 편지에는 지금도 쓰여 있다네

우리는 깃발이 되어간다

처음에 우리는 한 올의 실이었다
당기면 힘없이 뚝 끊어지고
입으로 불면 금세 날아가버리던
감출 수 없는 부끄러움이었다
나뉘어진 것들을 단단하게 엮지도 못하고
옷에 단추 하나를 달 줄을 몰랐다
이어졌다가 끊어지고 끊어졌다가는 이어지면서
사랑은 매듭을 갖는 것임을
손과 손을 맞잡고 내가 날줄이 되고
네가 씨줄이 되는 것임을 알기 시작하였다
그때부터 우리는 한 조각 헝겊이 되었다
우리가 해야 할 일을 생각하고
바람이 드나드는 구멍을 막아보기도 했지만
부끄러운 곳을 겨우 가리는 정도였다
상처에 흐르는 피를 멎게 할 수는 있었지만

우리가 온전히 상처를 치유하지는 못했다
아아, 우리는 슬픈 눈물이나 닦을 줄 알던
작은 손수건일 뿐이었다
우리들 중 누구도 태어날 때부터
깃발이 되려고 한 것은 아니었다
맑고 푸른 하늘 아래
사람이 사람으로 사는 세상이라면
한 올의 실, 한 조각 헝겊이어도 좋을 것이다
그러나 우리는 서서히 깃발이 되어간다
숨죽이고 울던 밤을 훌쩍 건너
사소한 너와 나의 차이를 성큼 뛰어넘어
펄럭이며 간다
나부끼며 간다
갈라진 조국과 사상을 하나의 깃대로 세우러
우리는 바람을 흔드는 깃발이 되어간다

첫날 이불

소설가 박범신 선배 말에 따르면
중국 연변 땅에 가면
'첫날 이불'이라는 간판을 달고 있는
혼수품 가게가 있다고 합니다
그 집의 분홍이불 한 채 같이 덮고 자면
누구나 착한 짐승이 될 것 같습니다
그 찬란한 날이 올 때까지는
사랑하고 미워하는 일이 눈비 오듯 해야겠지요

소나무

조국이라는 이름의 나무 한 그루를
늘 가슴에 심어 두고 사는
사람이 되고 싶다

봄

제비떼가 날아오면 봄이라고
함부로 말하는 사람은

봄은 남쪽나라에서 온다고
철없이 노래 부르는 사람은

때가 되면 봄은 저절로 온다고
창가에서 기다리는 사람은

이 들판에 나오너라
여기 사는 흙 묻은 손들을 보아라
영차 어기영차
끝끝내 놓치지 않고 움켜쥔
일하는 손들이 끌어당기는
봄을 보아라

철쭉꽃

그대 만나러 가는 길에
철쭉꽃이 피었습니다
열일곱 살 숨가쁜 첫사랑을 놓치고 주저앉아서
저 혼자 징징 울다 지쳐 잠든 밤도 아닌데
회초리로도 다스리지 못하고
눈물로도 못 고치는 병이 깊어서
지리산 세석평전
철쭉꽃이 먼저 점령했습니다
어서 오라고
함께 이 거친 산을 넘자고
그대, 눈 속에 푹푹 빠지던 허벅지 높이만큼
그대, 조국에 입 맞추던 입술의 뜨거움만큼

보리밭

이 땅에 아직 보리밭이 있다는 것은
우리에게 내릴 수 없는 깃발이 있다는 뜻이다
이 땅에 아직 보리밭이 있다는 것은
땅투기꾼 독점재벌에게는 도저히
빼앗길 수 없는 한 뼘의 분노가 있다는 뜻이다
이 땅에 아직 보리밭이 있다는 것은
밟아도 밟아도 되살아나는 희망
우리가 청춘을 포기하지 않았다는 뜻이다
이 땅에 아직 보리밭이 있다는 것은
적에 대한 증오가 이렇듯 푸르고
동지에 대한 사랑이 이만큼 싱싱하다는 뜻이다
이 땅에 아직 보리밭이 있다는 것은
이 땅에 아직 보리피리를 찬란하게 불 사람이 있다는 뜻이다

연변으로 가는 길

연변, 생각하면 가고 싶었습니다
기러기 편대 북으로 갈 때
나도 한 마리 기러기가 되고 싶던 적이 있었습니다
그러나 그건 감상이었습니다
연변 가는 길이
어디 먼 데 있는 줄 알았습니다
자주 고름 입에 문 처녀들도
무장독립군 되살아나는 발자국 소리도
연변, 꿈으로는 안 됩니다
한가한 여행자로는 못 갑니다
이 땅에서 지푸라기 싸움도 없이
꿈을 꾸는 건 사치입니다

벗들이여
연변으로 가는 길은

그대의 계급의 사랑과 희망을 노래하는 일입니다

이사

이삿짐을 실은 용달차 한 대가 지나간다
산다는 것은 기어코 저렇게
이불 한 채, 솥단지 몇 개 싣고
따뜻한 방을 찾아 이사가는 것인가 보다
살림이 너무 없어 비어 있는 자리에
한 사내와 어린것 둘도 짐이 되어 얹혀 간다
새로 옮겨가는 집에도 주인이 있을 것이다

집

내가 사는 이리는
서울보다는 집값이 싸다
서울 가서 살고 싶어도
우리는 돈이 없어 못 간다
여기 돈하고
거기 돈이 달라서
지금쯤 서울에 있었다면
우리도 이 세상 버렸을지 모른다고
아내가 말했다
나는 가슴이 아파왔다

4

여럿이 손잡고 한꺼번에

봄날, 사랑의 기도

봄이 오기 전에는 그렇게도 봄을 기다렸으나
정작 봄이 와도 저는 봄을 제대로 맞지 못하였습니다
이 봄날이 다 가기 전에
당신을 사랑하게 해 주소서
한 사람이 한 사람을 사랑하는 일로 해서
이 세상 전체가 따뜻해질 수 있도록 도와주소서
이 봄날이 다 가기 전에
갓 태어난 아기가 응아, 하는 울음소리로 엄마에게 신호를 보내듯
내 입 밖으로 터져 나오는 사랑해요, 라는 말이 당신에게 닿게 하소서

이 봄날이 다 가기 전에
남의 허물을 함부로 가리키던 손가락과
남의 멱살을 무턱대고 잡던 손바닥을 부끄럽게 하소서

남을 위해 한 번도 열려본 적이 없는 지갑과
끼니때마다 흘러 넘쳐 버리던 밥이며 국물과
그리고 인간에 대한 모든 무례와 무지와 무관심을 부끄럽게 하소서

자신 있게 말할 수 있게 하소서
큰 것보다는 작은 것도 좋다고,
많은 것보다는 적은 것도 좋다고,
높은 것보다는 낮은 것도 좋다고,
빠른 것보다는 느린 것도 좋다고,
이 봄날이 다 가기 전에
그것들을 아끼고 쓰다듬을 수 있는 손길을 주소서
장미의 화려한 빛깔 대신에 제비꽃의 소담한 빛깔에 취하게 하시고

백합의 강렬한 향기 대신에 진달래의 향기 없는 향기에 취하게 하소서

떨림과 설렘과 감격을 잊어버린
말라비틀어진 나뭇가지 같은 몸에도
물이 차 오르게 하소서
꽃이 피게 하소서
그리하여 이 봄날이 다 가기 전에
얼음장을 뚫고 바다에 당도한 저 푸른 강물과 같이
당신에게 닿게 하소서

사랑을 노래함
– 1989년 앞에서

그대
마침내 해가 떠오릅니다
원산 청진 경포 울산 앞바다에
백두 한라 상상봉에
그대의 붉은 가슴이 보입니다
우리가 또 껴안고 살아가야 할
신천지가 보입니다

그대는 알고 있겠지요
검은 노동의 굴뚝 위에도
가투의 피흘림 위에도
쩌렁쩌렁 해가 떠오르는 까닭은
지난 밤이 너무 어두웠기 때문입니다
어둠으로 하여
우리의 싸움이 그토록 처절했기 때문입니다

새벽을 기다리기 전에 우리가
스스로 새벽을 향해 걸어갔기 때문입니다

그대가 아침에 펼쳐드는
새 달력의 첫 장 위에
먼 친구가 보내온 연하장 위에
뜨겁게 해가 떠오르는 까닭은
사랑은
끝도 없이 달아오른다는 뜻입니다
그대와 나의 숨결 하나하나가
이 세상을 이루고
이 세상을 이끌고 간다는 것을 알 때까지
우리들의 사랑은
식지 않아야 한다는 뜻입니다

한 사람을 사랑하지 않고서는
그 누구도 자신의 삶을 사랑할 수 없다는 것을
또한
자신의 삶을 사랑하지 않고서는
조국도
사랑할 수 없다는 것을
이 새 아침에 배웁니다
길가의 철조망 한 가닥으로부터
분단을 떠올리고
생활에 묻은 먼지 같은 가난에서도
통일로 가는 길을 찾는
그대

그대와 만나고 싶습니다
이제까지 싸움이

우리를 이렇게 키워왔듯이
피 터지는 사랑 없이는
좋은 세상에서 만날 수 없음을 믿습니다
사랑으로 하여
우리가
맑고 뜨거운 해로 떠오르는 날 옵니다

맨 처음 연밥 한 알 속에

그대
연꽃이 피는 것을 보았는가
한 송이 물 위로 떠오르며
둥,
또 한 송이 물 위로 떠오르며
둥둥,
연꽃이 피는 소리 들어보았는가
그대 그때 두 귀를 열고 있었는가

이 세상이 아파서
이 세상의 모든 상처 위에
상처의 쓰라림 위에 쓰라림의 기쁨 위에
연꽃은 핀다네
뿌리를 뻗어 진흙땅을 다 껴안은 뒤에
꽃으로 하늘을 떠받들어 올리는 꽃

그리하여 그 향기로
아픈 세상의 마음을 어루만지는 꽃

저 혼자 피는 꽃이 아니라네
여럿이 손잡고 한꺼번에 피는 꽃이
연꽃이라네
연못에서만 피는 꽃이 아니라네
그대의 두 눈동자 속에도 피는 꽃이
연꽃이라네

그대
연꽃이 두둥둥둥 피었다고
꽃만 보며 한나절 보내지는 않을 테지
외로운 우주의 중심으로
꽃대를 밀어 올리는 안간힘 속에

맨 처음 땅에 떨어진 연밥 한 알 속에
이미 피어 있는 연꽃도 보고 있을 테지

광주가 광주인 까닭은
– 광주항쟁 12주년 기념시

광주가 광주인 까닭은
광주가 무등산 아래 있기 때문이 아니다
1980년 그날 이후
광주가 광주인 까닭은 이 나라에
광주로부터 자유로운 사람 단 하나도 없고
광주 아닌 곳 또한 단 한 군데도 없기 때문이다
어느 날 문득 심장 속으로 총소리가 들리면
비명소리 퍼지면, 눈빛 맑은 젊은 벗들
오랏줄에 묶여 쓰러지면
환한 대낮에 피가 강이 되어 흐르면
아아, 끝내 다시는
집으로 돌아와 저녁밥상 앞에 앉지 못하면
그런 곳이 있다면 거기가 광주이기 때문이다
우리들 분노와 사랑의 발걸음을 모아
5월에 광주를 찾는 까닭은

광주에 망월동이 있기 때문이 아니라
우리들 가슴 속에 광주가 있기 때문이다
그대와 나의 출근길에
새로 다려 입은 양복 윗주머니에
흔들리는 버스 안에
책가방 속에 도시락 안에 광주가 있기 때문이다
오늘 우리에게 광주가 광주인 까닭은
광주로부터 얻은 빚을 다 갚지 못했다는 뜻이고
부단히 광주에 가고자 했으나
아직도 다다르지 못했다는 뜻이다
가고자 하는만큼
광주는 애인처럼 가까이 다가오는 곳
머뭇거리는, 어정쩡하게 서 있는 우리에게
지금 광주가 광주인 까닭은

오늘밤 저렇게 별이 빛나는 이유
– '별이 빛나는 밤에' 1만 회 기념 축시

우리가 바라보지 않으면
별은 빛나지 않는다네
오늘밤 저렇게 별이 빛나는 이유는
사랑이여,
내가 오래오래 그대를 바라보고 있다는 뜻이라네
그대와 나 사이에 가로놓인
그리움의 거리만큼 아득한 곳에서
오늘밤 저렇게 별이 빛나는 이유는
그대가 초롱초롱 눈뜨고 있는 동안
나 그대의 말없는 배경이 되고 싶다는 뜻이라네

그 언제부터였던가
별이 빛나는 밤에
나는 낡은 참고서를 뒤적이던 까까머리였고
그대는 밤 새워 긴 편지를 쓰던 단발머리였지

나는 그대로 하여 잠들지 못하고
그대는 나로 하여 잠들지 못하던
사랑이여,
오늘밤 저렇게 별이 빛나는 이유는
그대와 내가 어느새
이 세상을 끌고 가는 주인이 되었다는 뜻이라네

사랑이여,
별이 어디 하늘에서만 빛나던가
하염없이 흘러가는 강물 위에도
달리는 자동차의 안테나 끝에도
쉬지 않고 돌아가는 공장의 기계 소리 옆에도
우리가 바라보는만큼
별은 빛나는 것
걸어온 길보다

더 많은 길을 걸어가야 할
그대와 나 가슴 깊은 곳에도
오늘밤 저렇게 별이 빛나는 이유는

지금 이 땅에서 결혼이라는 것은

지금 이 땅에서 결혼이라는 것은
한 사람의 지아비가 되고
한 사람의 지어미가 되는 일이 아닙니다
서로 노예가 되는 일이 아닙니다
지금 이 땅에서 결혼이라는 것은
두 가슴에 불을 붙이는 일입니다
키 큰 저 신랑의 숨결이 자꾸 거칠어지고
이쁜 저 신부의 얼굴이 홍옥처럼 붉어지는 것은
서로 불이 붙기 시작했다는 뜻입니다
쓸쓸하던 분단의 날들을 깨부수고
조국은 하나다, 라고 선언하는 날이
바로 오늘입니다
지금 이 땅에서 기어코 결혼이라는 것은
해방이라는 이름의 기관차를 함께 타는 일입니다

신랑이여 신부여
이제 그대들이 맨 처음으로
세상을 위해 해야 할 일은
첫 아기의 눈부신 울음소리를
이 세상에 들려주는 일입니다
그리하여
통일의 전사로
그 사랑스런 아기를 키우는 일입니다
신랑이여 신부여
그대들은 오늘부터 비로소
조국의 아버지 어머니가 되기 시작하였습니다

둥근 소리가 들린다
– 원음방송 개국 축시

무엇이냐,
그대와 나 사이에 퍼지는 소리가
열어야 할 아침은 열 줄 알고
닫아야 할 저녁은 닫을 줄 아는 저 소리가

아마도 몸이 아픈 세상을 어루만져주려나 보다
마음 아픈 그대와 나를 다독여주려나 보다

들린다, 둥근 소리가

저 소리는 책상에 닿아 모서리를 둥글게 하고
저 소리는 연필 끝에 닿아 연필심을 둥글게 하고
저 소리는 시장에 가서 악쓰는 소리를 둥글게 하고
저 소리는 삿대질하는 손가락 끝을 둥글게 하고

귀 기울이면
분노와 시기와 질투와 욕망으로 들끓는
그대와 나를 둥글게 만든다

맑고 밝고 훈훈한 소리가
둥근 소리가 들린다

그대는 아느냐,
뜰 앞 나비의 날갯짓 소리가
먼바다 건너 태풍을 불러일으킨다는 것을
한 알의 단단한 씨앗 속에
우주를 열어젖히는 꽃이 들어 있다는 것을

둥근 소리가 들린다
작지만, 크다

결혼이란

– 남진우, 신경숙 두 분의 결혼을 축하하며

결혼이란 그렇지요,
쌀 씻는 소리, 찌개 끓는 소리 같이 듣는 거지요
밥 익는 냄새, 생선 굽는 냄새 같이 맡는 거지요
똑같은 숟가락과 똑같은 젓가락을
밥상 위에 마주 놓는 거지요
결혼이란 그렇지요,
한솥밥 먹는 거지요
더러는 국물이 싱겁고 더러는 김치가 맵고
더러는 시금치 무침이 짜기도 할 테지요
결혼이란 그렇지요,
틀린 입맛을 서로 맞춘다는 뜻이지요
(서로 입을 맞추는 게 결혼이니까요)
결혼이란 그렇지요,
혼자 밥 먹던 날들을 떠나보내고
같이 밥 먹을 날들을 맞아들이는 거지요

(그렇다면 밥을 다 먹은 뒤에는 무얼 할까요?)
혼자 잠들던 날들을 떠나보내는 거지요
같이 잠드는 날들을 맞아들이는 거지요
결혼이란 그렇지요,
둘이서 하나가 되는 일이지요
그리하여 하나가 셋을 만들고 넷을 만들고 다섯을 만드는 거지요
그 날을 위해 우리가 할 일은
'외딴방'에서 혹은,
'숲으로 된 성벽'에서 말이지요,
밥도 먹고 떡도 먹고 술도 먹는 일이지요

12월의 마지막 저녁에
—1996년 송년시

1996년 12월의 마지막 저녁에
나는 무엇을 할 것인가

한 해 동안 수고했노라고,
늦은 귀가를 서두르는 가장들의 어깨 위에
꽃다발을 걸어줄 것인가
정말 잘 참고 견뎌냈다고,
살다 보면 더 좋은 날이 오지 않겠느냐고,
그 처진 어깨를 감싸안고
국밥집에서 같이 소주라도 마실 것인가
아니면, 되는 일 하나 없이 세월이 갔노라고,
이대로는 안 된다고,
어두운 노래방에서 마이크를 잡고
밤새도록 고함이나 지를 것인가

흰 눈 뒤집어쓴 응달의 소나무야,
육십 촉 알전구를 켠 해변의 횟집들아,
파업의 불을 지핀 공장의 굴뚝들아,
창문마다 어둠을 붙이고 달리는 도시의 지하철아,
속으로 울며 가는 우리 나라 모든 푸른 강들아,

나는 어디로 가야 하는가
1996년 12월의 마지막 저녁에

세 끼 밥 굶지 않아도 배가 고프고
지붕에 비 새지 않아도 등이 시리다
기다려도 희망은 나를 데려가지 않고
기다리지 않아도 절망은 나를 따라온다
가진 게 많은 이들은 줄 것이 없다고 하고
가진 게 없는 이들은 줄 것이 없어 마음 아프다

1996년 12월의 마지막 저녁에

나는 도대체 누구인가

길 위의 사랑, 길 밖의 사랑

김훈

안도현의 시 속에서 사랑은 서로 교차하는 두 갈래의 통로를 따라 흘러가며 살아 있다. 그 한 갈래는 구체적이고도 개별적인 존재에 대한 사랑을 보편적인 것에 대한 사랑으로 이끌고 가는 마음의 길이고, 또 다른 한 갈래는 보편적인 것에 대한 사랑을 구체적이고도 개별적인 존재 안에서 구현해내는 마음의 길이다. 앞의 갈래를 따라갈 때 사랑은 자아를 확대시켜 확대된 자아는 이 세계 안으로 퍼져나가고, 뒤의 갈래를 따라갈 때 보편적인 것에 대한 사랑은 추상과 관념의 신기루를 걷어내고 살아 있는 육신의 살 속에 깃든다. 서로 교차하는 그 두 갈래 길이 끝나는 이쪽과 저쪽에서 한바탕씩의 사랑이 따로따로 완성되리라는 생각은, 그러나, 순전히 형식적인 생각이다. 살아본 사람은 아무도 그렇게 생각하지 않는다. 서로 어긋나 보이는 두 길의 끝에서 이루어지는 사랑은, 결국 포개져 있다. 논리나 사유의 힘으로 그것들이 들러붙어 있는 모습을 헤아릴 수는 있지만, 그것들을 떼어놓을 수는 없다. 연금술은 실패한 과학이며, 물질과 꿈 사이의 오랜 싸움에서 꿈의 패배로 끝나지만, 패배한 꿈들이 남긴 자취는 물질화될 수 없는 꿈들의 가엾은 파편으로 역사 위에 흩어져 있다. 그러나 사랑에 관한 한 연금술만이 과학이고 성공하는 유일한 과학이다. 이 과학은 삶 속에서 입증되는 과학이고 살아서 가동되는 과학이다. 그 과학은 삶의 질료를 변화시키고 그 변화의 힘으로 세계를 변화시킬 것을 꿈꾼다. 그렇다면 살아 있는 인간의 마음속에서, 그리고 삶 속에서 연금술은 어떻게 가능한가. 연금술은 어째서 신비 체험이나 주술이 아니고 생의 체험인가. 사랑의 저 두 갈래가 포개진 생의 풍경은 어떠한 것인가. 나는 안도현의 시를 읽어가면서 이런 질문들에 대한 대답을 더듬어보고 싶다.

〈길〉은 이곳에서 그곳까지의 〈거리〉이다. 〈거리〉는 이곳과 그곳을 떼어놓지만, 〈길〉은 이곳과 그곳을 이어놓는다. 〈거리〉는 이곳과 그곳 사이의 단절과 차단이며, 〈길〉은 그 단절을 건너가는 지향성이다. 〈거리〉는 이곳과 그곳 사이에 가로놓인 혼돈이고, 〈길〉은 그 혼돈을 관통하는 궤적이다. 〈거리〉와 〈길〉은 서로 대항하는 한 쌍의 모순이지만, 이곳과 그곳 사이에서 그 모순은 동일한 운명을 공유한다. 운명을 공유할 뿐 아니라, 〈길〉과 〈거리〉의 그 적대하는 모순은 서로가 서로의 발생 근거다. 인간의 생명이 이곳과 그곳 사이의 〈거리〉를 받아들일 때, 생명은 그 〈거리〉에 저항한다. 저항은 이곳과 그곳을 서로 부르게 한다. 내가 너를 부를 때, 나는 너에게 존재성을 부여한다. 내가 너를 부를 때, 나는 너와의 거리를 긍정한다. 너는 나의 부름에 의하여 하나의 단독자로서의 존재를 확보하고, 나로부터 떨어져 있다. 그리고 다시 내가 너를 부를 때, 너는 내 쪽으로 이끌리고 나는 너를 향해 없는 길을 내기 시작한다. 너를 부르는 나의 목소리는 너가 개별적인 단독자라는 운명을 확인하고, 부르는 소리는 너와 나 사이를 그 운명의 〈거리〉로 떼어놓는다. 부르는 소리는 그 〈거리〉 위로 퍼져나가면서 거기에 〈길〉을 낸다. 부르는 소리는 〈거리〉와 〈길〉 사이의 모순을 통합한다. 통합이 이루어내는 새로운 삶의 내용은 〈건너감〉이다. 이 〈건너감〉이 역사 속에서 이루어질 때, 그것을 혁명 또는 변증법이라고 말할 수도 있을 테지만, 그것이 살아 있는 인간의 생명 속에서 이루어질 때는 연금술이라고 말할 수밖에 없다. 그것은 땅 위에, 그리고 인간의 생명 속에 뿌리박은 초월이며 거기서 현실적이고도 구체적으로 실현되는 초월인 것이다. 초월은 신비주의자의 것이 아니다.

안도현의 사랑의 시들은 〈거리〉의 운명을 〈길〉로 관통하려는 목소리들이다. 그 시 속의 사랑은, 구체적 대상 너에 대한 사랑[戀]을 세계 속으로 확대시키기도 하고, 세상에 대한 사랑을 구체적 대상 안으로 응축시키기도 한다. 나는 우선 너에게로 건너가야 하고 너와의 사랑을 이끌고 이 세계 속으로 건너가야 하며, 그 사랑 안에서 세계를 받아내야 한다. 그리고 세계는 다시 나를 통과해서, 나를 이끌고 너의 속으로 들어가 사무쳐야 한다. 안도현의 시들은 그 두 흐름의 통로를 오가며 쓰여진다.

그러나 안도현의 시 속에서 더욱 깊은 지층을 이루는 부분은, 아마도 그가 이곳과 그곳, 너와 나 사이의 〈거리〉를 직시하는 시행들이 될 것이다.

그대가 한자락 강물로 내 마음을 적시는 동안 끝없이 우는 밤으로 날을 지새우던 나는 들판이었습니다.

그리하여 밤마다 울지 않으려고 괴로워하는 별을 바라보았습니다 오래오래 별을 바라본 것은 반짝이는 것이 아름다워서가 아니라 어느 날 내가 별이 되고 싶어서가 아니라 헬 수 없는 우리들의 아득한 거리 때문이었습니다

그때부터 나는 지상의 여기저기에 크고 작은 길들을 내기 시작하였습니다

-〈그대에게 가는 길〉 중에서

그대가 한밤내

초롱초롱 별이 되고 싶다면

나는 밤새도록
눈도 막고 귀도 막고
그대 등 뒤에서
어둠이 되어 주겠습니다

-〈어둠이 되어〉 전문

(*윗점은 필자의 소행이다)

인용한 두 편의 시 속에서 안도현의 언어는 곳곳에서 약간의, 사소하지 않은 실패를 보여주고 있다.

첫 번째 인용한 시는 '~것은 ~이 아니라 ~때문이다'는 구문의 논리적 틀에 따라서 마음을 전개하고 있는데, 이 구문 자체의 거칠음은 나의 내면을 산문화하는 데 기여하고, 나와 그곳 사이의 〈거리〉라는 운명의 풍경을 드러내는 데 무력하다. 그 구문 안에 '별을 바라본 것'과 '반짝이는 것'이 겹쳐져, 앞의 것은 나의 행위를 가리키고 뒤의 것은 그 행위의 대상을 가리킬 때, 이 것들은 그 구문을 따라 읽는 사람의 마음을 쓸데없이 긁는다. 이 것들은 마음과 그 마음의 대상을 사물화하려는, 좋지 않은 것들이다.

또 '밤마다 울지 않으려고 괴로워하는 별' 같은 표현은 나의 내면을 대상에 투영해서 대상을 나의 내면으로 끌어들이는 데 기여하지만, 그 표현은 선도(鮮度)가 떨어진다. 그 표현은 다소 진부한, 말하자면 사유의 성실성을 통과해 나오지 않은 인생론의 냄새를 떨쳐내지 못하고 있다.

두 번째 인용한 시 속에서, 안도현의 언어의 실패는 '~싶다면'과 '~주겠습니다'에 있다.

'싶다'는 형용사이고 '주다'는 동사이다. 그러나 '주다'라는 동사가 '주겠습니다'라는 활용형을 취할 때 '주다'는 동사의 힘을 잃고, 일종의 형용사로 바뀐다. '~주겠습니다'는 '주다'의 동작, 행위, 이루어냄, 적극성, 혁명성을 모두 상실하고, 주고 싶다는 나의 내면을 드러내는 형용사에 불과한 것이다. 동사가 잘나고 형용사가 못난 것은 아니다. 형용사는 인간의 내면에 대해서 직접 책임을 지는 위대한 품사다. 모든 형용사는 인간의 내면 고백인 것이다. 그러나 인용한 시 속에서의 '싶다'라는 형용사와 '주겠습니다'라는, 형용사화된 동사는 그 시가 표출해내려 하는 별과 어둠 사이의 무시무시한 긴장을 충분히 버

티어내지 못하고 있다. 그 결과, 시는 그 〈거리〉의 운명을 지워버리는 나의 서정성 속으로 무너져내린다.

그러나, 그럼에도 불구하고, 말 한마디의 질감에 매달려 안달복달하는 김 모의 순정과 투정에도 불구하고, 안도현의 그 시들은 〈강물〉과 〈들판〉, 〈길〉과 〈거리〉, 〈별〉과 〈어둠〉 사이의 운명의 구도를 드러내 보이고, 그 구도를 받아들여 그 차단을 삶 속으로 이끌어들이는 인간의 마음을 전한다. 〈길〉은 그 차단이 인간의 마음속으로 편입되었을 때 비로소 떠오르기 시작한다.

첫 번째 인용한 시 속에서, 시인은 별을 바라보고 있지만, 별은 보이지 않는다. 아니, 별은 그곳에 있지만, 별까지의 〈거리〉를 넘어서지 못하는 한 시인은 '나는 별을 보고 있다'라고 말할 수 없다. 그가 보는 것은, 내 눈에 보인다고 말할 수 있는 것은 그 〈거리〉뿐이다. 별은 눈에 보이는 것이고 거리는 보이지 않는 것이다. 보이는 것이 보이지 않고, 보이지 않는 것만이 보인다. 〈거리〉를 넘어서기 위하여, 그가 할 수 있는 일은 〈지상〉에 〈길〉을 내는 일이다. 〈지상〉에 내는 길이 어떻게 〈별〉에 가서 닿을 수 있을까? 닿을 수 있다.

그가 별을 바라보는 까닭은 별의 아름다움이나 반짝임 때문이 아니라, 그 '거리 때문이기' 때문이다. 그 시 속에서 차단은 삼각형의 구도를 이룬다. 그 꼭지점에 별이 있고 나와 지상이 그 밑변을 이룬다. 별과 나와 지상은 거리로 차단되어 있다. 별과의 거리를 들여다보면서, 그는 지상으로 간다. 위로 가려는 꿈이 그를 옆으로 가게 한다. 옆으로 넓어지는 것이 길이라고, 그는 믿는다. 하나의 길이 위로 올라가는 길과 옆으로 넓어지는 길을 통합할 것이다. 그 길은 어디에서 비롯되는가. 그 길은 이곳과 저곳 사이의 〈거리〉 속에 애초부터 숨겨져 있던 길이며, 그 〈거리〉를 바라보는 인간의 침묵과 절망 속에 내재되어 있던 길이다. 그 길이, 말하자면, 시의 제목이 되어 있는 '그대에게 가고 싶다'인 셈이다.

두 번째로 인용한 시 속에서 〈길〉은 보이지 않는다. 〈거리〉는 삽시간에, 그리고 충격적으로 극복되어 있다. 내가 반짝이는 너의 뒤에서 어둠이 되었을 때 너는 반짝이고 나는 어둡다. 드그러나 이 반짝임과 어두움은 모순의 양극에 놓여 있지 않다. 이 반짝임과 어두움은 서로를 드러나게 하는 긍정의 관계에 놓여 있다. 지상에서 고

개를 쳐들어 바라보면, 반짝이는 것과 어둠 사이의 까마득한 〈거리〉는 보이지 않는다. 보이는 것은 반짝이는 것과 어둠 사이의 대비뿐이다. 보이지는 않지만, 반짝이는 것과 어둠 사이에는 까마득한 〈거리〉가 있다. 그러나 이 〈거리〉는 어둠 속으로 수렴되는 거리이다. 별 뒤의 어둠이 그 까마득한 〈거리〉를 빨아들여 무화시키고 있다. 어둠이 반짝이는 것을 반짝이게 하고 반짝이는 것이 어둠의 어두움을 어둡게 할 때, 어둠과 반짝임 사이의 〈거리〉는 소멸한다. 그때 〈길〉은 어둠과 반짝임의 사이로 뚫리는 것이 아니라, 어둠 자신의 안쪽과 반짝임 자신의 안쪽으로 뚫린다. 그 두 길이 만나는 곳에서 안도현의 시는 살아 있는 사랑을 건설한다.

위로 가는 길과 옆으로 가는 길을 통합하는 사랑의 길 위에서 안도현은 너, 마을, 들녘, 함박눈, 강물, 조국, 연변처럼 점점 확대되어가는 사랑의 대상들과 만난다. 그리고 사랑이 확대되어가는 길 위에서 그의 넓어져가는 사랑은, 상실, 부랑, 분노, 억압, 그리움, 기다림 같은 삶의 구체적 내용과 정서들을 챙겨나간다. 그가 그 사랑의 길 위에서 이룩한 시적 성취의 수준은 고르지 않다. 너→마을→조국→통일로 이어지는 말들은 점점 커지는 말들이고 옆으로 넓어지는 아름다운 말들이지만, 그 아름다운 큰 말들은 넓어질수록 추상성과 개념성, 삶으로부터의 건방진 이탈에 젖어들어 삶을 받아내는 말의 힘을 잃어버리기가 십상이다. 가령

> 오늘도 눈이 펑펑 쏟아진다
> 흰 살 냄새가 난다
>
> -〈눈 오는 날〉 중에서

와 같은 언어와 대상의, 삶과 언어 사이의 직접적이고도 불똥 튀는 머리박치기로, 저 크고 넓은 말들을 박치기해낸다는 것은 얼마나 어려운 일이겠는가. 시는 큰 것들의 허(虛)함을 경멸한다. 통일을 말할 때, 그것이 국제정치나 사회과학이 아니라 우선 '말'이 되기 위해서는, 그 말로부터 추상성과 개념성을 몰아내려는 싸움이 먼저 싸워져야 한다.

안도현의 시들은 그 넓고 큰 말들의 아래쪽 허방을 삶

의 내용으로 가득 메울 때 비로소 아름답다. 그 아름다움은 상실과 부랑으로, 저 크고 넓은 말들의 허방을 잘 메우고 있다. 그중의 한 편이 이 시집 속에 들어 있는 〈그대〉라는 시일 것이다.

한 번은 만났고
그 언제 어느 길목에서 만날 듯한
내 사랑을
그대라고 부른다
돌아오지 못할 먼 길을
홀연히 떠나는 강물을
들녘에도 앉지 못하고 떠다니는 눈송이를
고향 등진 잡놈을 용서하는 밤 불빛을
찬물 먹으며 바라보는 새벽 거리를
그대라고 부른다
지금은 반쪼가리 땅
나의 별 나의 조국을
그대라고 부른다
이 세상을 이루는

보잘것없어 소중한 모든 이름들을

입 맞추며 쓰러지고 싶은

나 자신까지를

그대라고 부른다

그대에게 가고싶다

첫판 1쇄 펴낸날 1991년 2월 2일
3판 33쇄 펴낸날 2025년 4월 7일

지은이 안도현
발행인 조한나
편집기획 김교석 문해림 김유진 전하연 박혜인 함초원 조정현
디자인 한승연 성윤정
마케팅 문창운 백윤진 김민영
회계 양여진 김주연

펴낸곳 (주)도서출판 푸른숲
출판등록 2003년 12월 17일 제2003-000032호
주소 서울특별시 마포구 토정로 35-1 2층, 우편번호 04083
전화 02)6392-7871, 2(마케팅부), 02)6392-7873(편집부)
팩스 02)6392-7875
홈페이지 www.prunsoop.co.kr
페이스북 www.facebook.com/prunsoop 인스타그램 @prunsoop

ISBN 978-89-7184-333-8(03810)

* 잘못된 책은 구입하신 서점에서 바꾸어 드립니다.
* 본서의 반품 기한은 2030년 4월 30일까지 입니다.